KB252205

글_ 넬레 무스트

1952년 베를린에서 태어났으며, 어린 시절에는 스웨덴에서 지냈어요. 독어독문학을 전공하고 아동 출판사에서 편집자로 활동했어요. 현재는 아동과 성인을 위해서 여러 가지 이야기를 만들고 있어요. 그 이야기들은 30개의 언어로 번역되었지요.

그림_ 미카엘 쇼버

1966년 바이로이트에서 태어났으며 뉘른베르크 대학교에서 삽화를 공부했어요. 미카엘 쇼버는 졸업 후, 프리랜서 삽화가로 일하기 시작했어요. 그의 그림으로 여러 가지 유명한 아동 책과 영화를 만들어 냈어요.

옮긴이_ 이상희

중앙대학교 문예창작학과를 졸업하고 독일로 건너가 본 대학교에서 번역학을 전공했어요. 우리말이 좋아서 글을 쓰고 독일 문화에 빠져 그 매력을 전달하고자 번역학을 공부한 후 출판사 편집팀장을 지내며 다양한 글을 기획하고 옮겨 왔어요. 현재 번역 에이전시 엔터스코리아에서 출판 기획 및 전문 번역가로 활동 중이에요. 옮긴 책으로는『마티와 자미, 그리고 우주에서 가장 큰 실수—출간 예정』등이 있어요.

꿈공작소 ⑭

나는 아빠가 좋아요

초판 1쇄 인쇄 2012년 6월 25일   초판 1쇄 발행 2012년 7월 6일
글 넬레 무스트   그림 미카엘 쇼버   옮긴이 이상희

책임편집 주리아   책임디자인 박희정

펴낸이 이상순   주간 서인찬   편집장 박윤주   기획편집 유현숙, 김초희
디자인 황혜정   마케팅 홍보 김미숙, 이상광, 공경태, 박순주

펴낸곳 (주)도서출판 아름다운사람들
주소 (413-756) 경기도 파주시 교하읍 문발리 파주출판문화정보단지 534-2
대표전화 031-955-1001   팩스 031-955-1083   이메일 books777@naver.com
홈페이지 www.books114.net

Ich hab dich und du hast mich
by Nele Moost and Michael Schober

나는 아빠가 좋아요

글 넬레 무스트 | 그림 미카엘 쇼버 | 옮긴이 이상희

아름다운사람들

나에게는 아빠가 있고,
아빠에게는 내가 있어요.

아빠랑 나는 정말정말정말로 사랑해요.

아빠와 나는 함께 소풍을 가기도 하고

아빠가 번쩍 안아 주면
하늘을 날 수도 있어요.

비가 오면
아빠는 커다란 우산이 되어 주고,

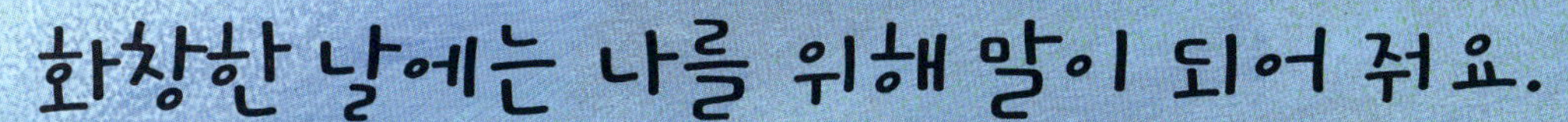

화창한 날에는 나를 위해 말이 되어 줘요.

산보다 더 높은 곳에서
나는 무엇이든 볼 수 있고,

캄캄한 밤이 되어도
아빠랑 있으면 무섭지 않아요.

아빠가 바쁠 때에는
내가 옆에서 돕고,

바쁘지 않을 때에는
나와 놀아 줘요.

아빠가 울면
내가 아빠를 위로해 주고,

사나운 개를 만나면
아빠가 나를 지켜 줘요.

아빠랑 나는 달님 아래서
즐겁게 춤도 춰요.

너무 힘들어서 졸릴 때까지 말이에요.

나는 아빠랑 자는 게
제일 좋아요.

아빠 품은 정말정말정말로
포근하거든요!

〈꿈공작소〉 시리즈

① 알몸으로 학교 간 날
타이―마르크 르탄 글 · 벵자맹 쇼 그림
이주희 역 | 9,500원

② 도둑맞은 달
와다 마코토 글 · 그림
김정화 역 | 9,500원

③ 두 발로 걷는 개
이서연 글 | 김민정 그림
9,800원

④ 초강력 아빠 팬티
타이―마르크 르탄 글 | 바루 그림
이주희 역 | 9,800원

⑤ 마음이 아플까봐
올리버 제퍼스 글 · 그림
이승숙 역 | 10,000원

⑥ 천재는 학교를 싫어해!
엘라 허드슨 글 · 그림
이승숙 역 | 9,800원

⑦ 날고 싶어!
올리버 제퍼스 글 · 그림
이승숙 역 | 12,000원

⑧ 저리 가! 짜증송아지
아네테 랑겐 글 | 임케 죈니히센 그림
박여명 역 | 10,000원

⑨ 사랑해 내 동생 로봇
M. P. 로버트슨 글 · 그림
이승숙 역 | 10,000원

⑩ 공주들의 반란
셀린 라무르 크로셰 글
리즈베트 르나르디 그림
글공작소 역 | 10,000원

⑪ 엄마, 떼쓰지 않을게요
아네테 랑겐 글
도로테아 아크로이드 그림
박여명 역 | 12,000원

⑫ 입양아 올리비아 공주
린다 그리바 글
셰일라 스탕가 그림
김현주 역 | 12,000원

⑬ 책을 좋아하는 아이
피터 카나바스 글 · 그림
이승숙 역 | 12,000원